In My Country

在我的国度

2008—2015 诗选

莫卧儿　著

长江出版传媒　长江文艺出版社

图书在版编目（CIP）数据

在我的国度／莫卧儿著 . -- 武汉：长江文艺出版
社，2017.4
ISBN 978-7-5354-9343-9

Ⅰ . ①在… Ⅱ . ①莫… Ⅲ . ①诗集－中国－当代
Ⅳ . ① I227

中国版本图书馆 CIP 数据核字 (2017) 第 006162 号

策 划：飞地书局
责任编辑：沉 河　　　　　责任校对：陈 琪
封面设计：王 丽　　　　　责任印制：邱 莉 胡丽平

出版：长江出版传媒 长江文艺出版社
地址：武汉市雄楚大街 268 号　　邮编：430070
发行：长江文艺出版社
电话：027—87679360
http://www.cjlap.com
印刷：深圳市希望印务有限公司

开本：880 毫米 ×1230 毫米　　1/32　　印张：5 插页：2 页
版次：2017 年 4 月第 1 版　　　　2017 年 4 月第 1 次印刷
行数：2754 行

定价：38.00 元

作者近影

创作简历

莫卧儿，1977 年生于四川，现居北京，供职于某杂志社。

在《诗刊》《北京文学》《钟山》《葡萄园》《新大陆》《常青藤》等海内外刊物发表诗歌。作品入选《21 世纪中国文学大系·诗歌卷》《中国年度诗歌精选》《中国年度最佳诗歌》等选本。

曾获首届"四川十大青年诗人"、第四届"极光诗歌十佳诗人奖"等诗歌奖项。曾参加第二十八届"青春诗会"。出版有诗集《当泪水遇见海水》、长篇小说《女蜂》等。

我爱自由

也爱不自由

　　　　——题记

目　录

001 / 一列开出时空的火车

003 / 道路

004 / 绽放

005 / 一个终生以自己为敌的人

006 / 亚运豪庭

008 / 弹奏

010 / 假象

011 / 恐惧之心

012 / 布拉格丛林

013 / 诗人

016 / 南方之忆

017 / 十年

018 / 大觉寺寻玉兰不遇

020 / 密云水库

021 / 舞者

022 / 碎银录

026 / 致

027 / 雪雾

028 / 情人

030 / 春夜想到死亡多么幸福

031 / 辨认

032 / 相逢

033 / 悲歌

034 / 春日絮语

035 / 临渊

036 / 末日情诗

038 / 我的爱人

039 / 天国的女儿

040 / 花田半亩

042 / 天黑请闭眼

044 / 清明

045 / 亡友赋

047 / 念一些名字像在祈祷

049 / 我们共有一种奇异的忧伤

051 / 一个在人间遗失的地址

056 / 四小姐

059 / 磨刀的男人

061 / 少女

063 / 巨兽

064 / 大于

066 / 空心人

068 / 云影

069 / 寒冷，一场猝不及防的情事

070 / 等待

071 / 余音

073 / 记忆

074 / 初夏即景

075 / 这个秋天

076 / 不爱你的时候

078 / 黑暗中的蛇

080 / 飞进房间的鸟

081 / 酒精一种

083 / 南瓜

085 / 蒸鱼

088 / 春归

088 / 花间

089 / 落英

090 / 新碧

091 / 民歌

092 / 灵魂

093 / 盛放

094 / 水天

095 / 极目

096 / 空城

097 / 秘密

098 / 雨点

099 / 声音

100 / 歌剧

101 / 梦境

102 / 彼岸

103 / 放生

104 / 仙游记

110 / 野花

111 / 一生

112 / 与六点有关

113 / 卖鸡蛋灌饼的夫妻

114 / 花卉市场

115 / 割草

116 / 城市桃花

117 / 过冬

118 / 美错

119 / 电信大楼上的三只乌鸦

120 / 赛爱特美发中心

121 / 公园

122 / 对话

124 / 醉意湿地

126 / 野鹤

127 / 草丛中的河流

128 / 夜游乌苏里江

129 / 小兴安岭的绿

130 / 我说哈尔滨

131 / 1934 年的沈从文

132 / 凤凰的水

133 / 济南

134 / 二郎山红叶

136 / 渔火

137 / 春天的花

138 / 迷路

139 / 妙峰在不远处

140 / 相信黑夜

141 / 天府 2008

142 / 锦官

143 / 消逝

144 / 人们

145 / 天使在黎明前唱响挽歌

一列开出时空的火车

一列开出时空的火车
将天地抛在身后
于辽阔的蔚蓝中飞驰
它不装载头颅、四肢、体温、眼泪
只搬运影子、幻觉、脚印和气息

一列开出时空的火车
停靠的每个站台都有大批乘客
涌入。他们双眼幽深，暗淡
因为看不清彼此而无法交谈

一列开出时空的火车
不是每一个到站的旅客
都能找到前往的地址
很多从此漂泊
不知何生何世才能踏上返程

一列开出时空的火车
把身影投射在透明的虚空中
二者胶着，彼此牵引前进
难以挣脱……

一列开出时空的火车
脱去了车轮、铁轨、大地、洋流
把光线穿在身上
任尘埃、星星、鸟儿、各种飞行器
在车厢里穿梭

——等等，尚有一个灵魂流落人间！

道 路

走向风，走向蜿蜒而上的曲线
泥泞的空隙。巨大的湿与滑。
陌生人正徒劳地修补开裂的双脚

走向冰，走向冰水相融的一瞬
在你之前我是完整的虚空
一支箭头带着熊熊烈焰呼啸而过

走向暗绿的晚秋，晚秋中微苦的夕阳
空中一千只嘴唇在吟唱——
"成垛的人头在向远方徘徊，
我缩在其中。"

一条道路上有七十七个信徒
一条道路上有七十七次死亡

被砍伐的大树，循着它的气味
走向血管，走向根
星辰在头顶盘旋，寂静轰鸣
你从血泊中缓缓抬起头
有什么正在闪闪发亮

绽 放

绽放，一场声势浩大的涌动
上升的影子
突然间垂落下来——

像一半死去。
我就是我的暴动
早晨第一枚风

有时只是小小的一部分
一片亮光竖起耳朵
听见来自黑暗深处的无穷

那些俯冲而来又弥散不去的沉陷
唤起我们对不朽的深深恐惧……

我是我的花朵
绽放是唯一的种子

一个终生以自己为敌的人

那个坐在火山口上吃火山灰的人

那个爬上山顶从悬崖轻轻跃下的人

那个扛着尸体来回行走的人

那个乳晕粉红把水当成毒药的人

那个大腹便便影子枯槁的人

那个在泥浆中跳脱衣舞的人

那个一分钟前细细描眉一分钟后爱上死亡的人

那个眼睛明亮身后拖着长长血迹的人

那个头顶白云脚踩棉田的人

那个怀揣玫瑰刚刚掐死一只企鹅的人

那个扯着头发把自己从土里一点一点拔出来的人

那个挥动双桨在天上划来划去的人

那个拿着问号和风声打架的人

那个一边垒纪念碑一边失眠的人

那个蒙着面在镜子前反复端详的人

那个头顶下弦月玩躲猫猫的人

那个日夜嚼着词语永远饥饿的人

那个从墓园回来的人

把胎盘、夜色、蜂针一起埋到了地下

亚运豪庭

我们的孤独源于对高处的信赖
火车从天上来
把灵魂带到云端

杯中普洱开放得正好
一起吐出胸中夜色

今天的大街
已鲜有单独行走
集体的唾沫，集体的诅咒
仰望蛰伏于洞穴的宿命

盲人在夜晚是绝对自由的

一枚茶叶的用意尤其明显
连糜烂都不彻底

凌晨三点
要么被肢解
要么被统治

那巨大的背后

有太长的黑

"跟我来，沿途抛弃我！"

弹 奏

我们交谈的时候，波浪吮吸着云朵
一个容器，旋转，而未倒置。
我弹奏——

某个下午，雾海飘然而至，无头孤躯们
跌跌撞撞。碰到对方彼此问候一句。
我弹奏——

"一个美丽的国度，一切光闪闪，到处有老虎……"

月光下弹奏，暮霭中弹奏，
在恐惧上弹奏，在摇曳中弹奏。

嘿，女人，你曾经串通外族，谋害亲人，
携带传家之宝私奔。
男人，你无法忘怀过去，压不住前尘旧事涌上心头。

盘头发的少女，有着小松树一样的眼神，
阳光下散发出淡淡的木质味道。
我弹奏——

在大教堂弹奏，在火山口弹奏，
为所见弹奏，为不见弹奏。

八十八个，所有，即是无限。
我弹奏——

在灰烬上弹奏，在天堂口弹奏。
城市、牧场、教区、监狱……
我还没有出生过，我还没有死亡过
弹——奏

假 象

赞美大地上的一只蜗牛
它用细小的爬行抵抗了万顷草叶疯长

春天来势汹汹——
你在花中舞剑，眼神带伤

刺穿青，挑破红，后面的枯叶
来不及躲闪，慌慌张张。

而膨胀得越来越大的子房，内部多么空旷……

露珠——诞生在这个时代的清晨
它的光芒不该仅仅是映照！

恐惧之心

窗户上来回移动的长影子

肮脏的烛台

发黄地图上暗红的血迹

它们的肉身去了哪里

城市上空涌动的乌云

神秘失踪的身份证

从疾驰的囚车抛下的尸首

它们的灵魂

又可曾留下什么痕迹

你有恐惧之心

如骄阳映照之斑斓猛虎

仿佛隔着巨大的夜晚

它血红的舌头也能从另一个时空伸过来

濡湿脸颊、耳朵和双乳

甚至每逢浸泡在漫天雾霾中

一心下沉，不求往生

而那个一直朝恶犬口中喂食的小儿

淡然得没有畏惧

因为无知，他勒住了悬崖上十万匹

奔跑中骏马的缰绳

布拉格丛林

布拉格，我不爱你漫长的黑夜
不爱你炫目的阳光
我爱你黎明时分天幕上那抹春天般的玫瑰紫
哦，布拉格
"有着一百个塔尖的城市"
我不爱你的城堡与广场
我爱你空寂的小巷，嘈杂的妓院、小咖啡馆
还有贴满轻快讽刺标语的大墙
哦，布拉格
我爱那个用德语写作的素食主义者
终生纠结于灵魂的完备，活着时没有出版过
一行文字
也爱那位无政府主义者兼美食家，他大声嘲笑
包括自己在内的多数人
再为一小瓶啤酒把作品痛快卖掉
我爱自由，也爱不自由
两者罅隙中，众多星星涌出，从这座城市升起
使其成为让人仰望的一方星空
布拉格——
我不爱半夜尖利的警笛、粗重的皮靴声
但深爱彼此相隔万里，历经灾难辗压后同样
不曾破碎的心脏

诗 人

我说风，它不只是，微小的尘土，通体布满尘世的花纹。
它是我们的镜子，倒映水中的魂灵。

印有好看图案的布匹，没有光泽、体温和呼吸，
永远无法成为丝绸。

一个孩子赤身奔跑，母亲紧紧追随。其实只需一小会儿
天地就恢复寂静，像谁都不曾来过这个世界。

曾经暗恋你的男孩，容颜已惨不忍睹，你突然爱上他深埋地下
因早夭而永远年轻的父亲。

我一遍遍把石头推向山顶，一遍遍，石头滚落。你蹲在旁边
看那个自己内心的上帝，缪斯的仆人。

一起躺在阳光下，让雨滴洒在身上，我保证有人永远不会被淋湿。

我有十八个孩子，我认识他们的头发、眼泪、胎记、才华，
但无法知道在三月自己会做出什么傻事。

吹一个巨大的肥皂泡，能最快看到彻底的死亡。

现在扎上宝蓝发带，画烟熏妆，和我跳一段踢踏舞，右脚外八字的那种。

然后拿起笔，绕过每一座突出的岛屿。对准空白，刺下——
"在此你注满骨灰瓮，并喂养你的心房。"

……从一颗行星到另一颗行星，可以是亿万年的距离，也可以是一眨眼
　　的光速，
而我们永远不能抵达。

影子说：你已找到巢穴的洞口；而接近那隐秘的虚无，需要通过一条无
　　限长的地道。
你愿意选择吗？

——"然而，我不能够。"

南方之忆

一日火锅。一日夕阳。一日生死。
这庸常的俗世生活
类似包藏祸心的节日元宵
不咬下去永远不知道里面装着什么

醒来。片片翠玉并不在意阳光示好
旁逸斜出，姿态各异，一派当代艺术声色
四周蚊蝇低吼如潮
更多的声响淹没在巨大的寂静中

午后空气败给热辣，贴近地面的浮尘
跃跃欲试。身体缓慢上升的时候
你看见密密麻麻的人在大地上奔走如蝼蚁
一朵鲜花发出惊叫，魂魄落回地面

多年了，辨识星座早已不是你和夜晚的约定
夜凉如水时仍可听到碎钻入银碗的清音
银河奔流去，少年入梦来。羞愧之心
总在始料未及之际降临——
　"我们一定犯了一种带诅咒的罪，
我们已经丧失了全部的宇宙之诗。"

十 年

她甩出一段水袖，"时间——
请熨平这深渊之下的波澜。"

一个肉身静静倒垂于茧内
"不过是一场轮回，不过是一场轮回。"

四方天也无法支撑稳固的蓝
有一瞬，微风将一个角轻轻掀起卷边——

大觉寺寻玉兰不遇

太多顽疾堵在身体的出口
无法与春天交换甜言蜜语
当我无意掐死丁香杀机腾腾的香气
必定是榆叶梅做了帮凶

我们从东边来，正好暗合
寺庙的心思。契丹人崇拜太阳
建筑坐西朝东，当阳光洒向大地
先于众生领受生之光辉

一路向上，山脚开始
经过半山仰望，途中踌躇
于暮色降临之际回望
而玉兰，始终在视野之外

一块横匾埋伏在迷惘的路口
——"无去来处"
世外沧桑阅如幻，开山大定记依稀
屋后巨大的千年银杏
令一群过客眼眼相望

下山。明慧茶院。
一头撞见众里寻她的花树
脱尘之姿被包围在人声鼎沸中
夹裹在热气腾腾的茶香中

在大觉寺，我肯定吻过玉兰的嘴唇
而我想念的是另一些眼神

密云水库

悬浮，隐秘，巨大，
——藏匿于绵延群峰背面的真相。
清晨，远远近近的人匆忙而来
寻找亚洲水库中最大的镜子
寻找一只盛装情感的容器
野鸽子在天空翱翔，草木不语，
一道山梁急着要去天边
神在不远的地方凝望。
翻过一座山，眼睛被青草一再擦亮
再过一条河，云朵长着脚满山奔跑
当那浩瀚突然呈现，
四周寂静，只有风声……
多年前她睁大双眼凝视清泉
试图看清里面的容颜
而今面对更加巨大的明晰
她瞬间陷入无边无际的虚妄

舞 者

一张美艳男脸。
波纹的表情，流泪的星星
洁白肢体舒展
随乐曲经幡一样蔓延

台下是宗教般的肃静

整个过程
我的心悬在半空
为波涛上颤抖的羽毛
随时可能被摧毁的完美与脆弱

三根琴弦
一根折断
一根聆听
一根止不住弯曲——

碎银录

1

我看见天鹅的影子割伤了夜幕

两颗星星从裂口溢出

没有来处，亦无所终

2

虚构者虚拟了一场晚宴

自己醉倒在水晶灯旋转的轮回中

3

进入到寂静中心

轰鸣的轮廓已然遁形

我倾听，那不过是对生命的还原

4

每一次跌下悬崖

眼前交替晃动的

都是天使和魔鬼两张脸孔

5

陌生人

这清晨的熹微和墓中的星星都是你的

是你多年前曾经赐予我的

6

很多时候我看不清事物的底部

一颗珠子就这样滚过了

春天，夏天，秋天，冬天

7

你闪闪发光的眼神高贵

有着钻石一半的卑微

8

孤独的航海人

你在浩淼的海面上消失

又在地图的地名中显现

我们从未远离

9

不能从洞穴中掏出

棉花、毒蛇、声音和碎片

我把自己整个儿填了进去

耳边呼呼的冷风——

上帝，你在和盲人说话

10

侧身穿过暴风雨的夜晚

我不阻挡谁进入这座城市

最深处的寂静

11

我要接住那些沙子

它们像雪片一样不停掉下来

我要接住它们

以免死前已堆起一座坟墓

12

爱上一位死者

要尽量端庄

小心翼翼不去揭穿对方的身份

13

一大群蝴蝶穿越了浓雾

带来陈腐的糜烂气息

仿佛多年前的预期

未作过多停留

却在不合时宜的时候想起

14

那不曾被照耀过的

成为了人心、森林，和一首诗歌

15

你从胸腔中唱出一架钢琴

于是一天中同时看到了日出日落

致

我这一生是分不清了……

早年雪落高原
青草像羊群一样弥漫天空
深渊中的泥泞
只在镜中窥见

我是分不清了
今朝雪落泥中
泥依偎草上
相亲相爱，至死难离——

——我们都曾是完整的

雪 霁

我爱这伤花怒放白练狂舞后的死寂
一场假象覆盖着另一场假象

我爱严寒中渐行渐远的旧魂灵
他们总是在长夜里濯洗乌黑发亮的宝石
唤醒我与往昔对话

雪地上小小的一点鸦雀——
我爱已经倦透却仍然醒着，发出微光的那颗心。

情 人

眼神再迷蒙一点。接踵而至的漩涡。
北方大地笼罩着雾气，白杨的嫩芽在风中微微吐露
一切还来得及——

尘世的光线从你鬈曲的头发透入
松鼠们忙着搬运果实，露珠打湿皮毛
许多柔软的想法正在上面堆积

身姿再挺拔一点，起伏一点。神的手臂
——抚过山峦、草地、解冻的河流

就像头顶静静旋转的星空，每当万籁俱寂
总是张口喊出和人类一样的疼痛……

"时光消逝了，我却没有移动。"
洪流夹裹着泥沙涌入身体
这个早晨只一个吻，就有清泉说出——

春夜想到死亡多么幸福

是消弭不去的残雪还在演奏安魂曲
冰面上尖脆的裂响——

是柳枝深紫的芽苞哭喊着回来
声音被茫茫黑夜吞进胸腔

而天上，流星率领着一群人往复
寻找天堂的必经之路

……一颗淡蓝的星球缓缓转动
光芒来自亿万年前的时空

哦，不要停歇——
在春夜想到死亡的人是多么幸福！

辨 认

我曾在蝴蝶的翼上辨出山水
她脆弱的轻盈吹弹即破

我见过挺拔谦卑的柳树
姿势低于一粒尘土

蚂蚁绕行，骏马驯良……
　"没有人能认出来
那饱受凌辱的是个神。"

无坚不摧的宝剑总是葬送在
无坚不摧的同类手中……

嘘，别说话——
你看那朵蒲公英
正托着整座春天的森林在飞——

相 逢

那架跌宕起伏的秋千终于停下
微小的心脏蓄满风云雷电

此去阡陌纵横望断归路
一只白色的鸟儿从头顶静静飞过
短促消隐，却在天空留下轨迹——

我们终于回到起点
我们同敌人握手言欢

……花瓣上失足打滑的蜜蜂
夜色里孤独行进隐去泪水和姓名的人

悲 歌

让河流从下游回到清澈源头
让受伤的天鹅不曾来过
让冬季回到春季
让彩虹还原哭泣的云朵

那一分一秒失去的永不重生!

让握紧的拳头忘记伤口
让那句话说出之前已经遗忘
万物皆是虚空，阳光下原本没有新鲜的事物

让我的唇轻轻离开你的心脏
亲爱的，我们都是活着的死者
剩下的日子已经不多了⋯⋯

春日絮语

为什么急于在阳光下奔走？
我已足够坚硬，疼痛。漫漫严寒是我们的孕期
现必在天堂大门关闭前找到往生之路——
芽苞回答

你为何步履匆匆？
我已沉静一冬，想继续看看前面的路，就算又回到原点
一块浮冰和人生在一起消融，我经过时正好看见
刚解冻的河水潺潺

为何在风中袒露弱小的身躯？
哦，南风是我的君主和爱人。我们必须赶在他驾着金色马车
从天空驶过之际盛装出现，这以后零落成泥已是幸福
花儿们颔首

你为何步态从容——
因为我不似北风强劲，它来时摧枯拉朽，瞬间改变世界的容颜
我只能默默让花受孕树木醒来，让燕雀携带草籽和白云飞往远方
直到天地间布满灵魂的眼睛
南风说

临 渊

闪电从左眼挤进来
一小簇火花在右眼里闪烁了一下

一条蛇咬伤她的胳膊
手指在白雪上跳起忧伤的黑夜之舞

"过来啊，不要害羞……"

纤柔的脚踝被轻轻捉住
另一只瞪着惊恐的眼想要逃走

内心越发倾斜，陡峭
那道深渊——
她不得不寻找一切危险来填满这种危险

末日情诗

我所见
是生活从肉身抽走骨头
锦绣之网裹在身上
肌肤相亲之处渗下点点寒凉

今夜
又被拥入久违的单纯
倾听来自雨滴、尘土、树叶、花草唇间
低微的吟唱

用细小的笔尖
压住内心排山倒海的涌动
夜色中书写白云
等待在阳光下冲洗显形

此刻你的北方
星光倒映于身体宁静的湖泊……

我的国度时常布满新鲜的裂缝
窗外股灾与地震汹涌
初升太阳照见梦境的黑

而你古老的山丘如鱼得水
一遍遍爱抚过自身浑圆的峰峦

多么奇妙
我们都在命运的锋刃上获得了免于死刑的席位
并成为它忠实的捍卫者与守密者

我的爱人

我的爱人来自海洋，而非大陆
他的季风令我惊悚难言，莫名哭泣

有月光的夜晚，他扬起银色的鬃毛
掀开整座山的花朵，一直延伸到谷底

白天他轻轻微笑，云彩豁然绽裂
露出眸子一样的蓝，时光在其间流转

鱼群飞向天空，鸟儿沉入水底……

因为苦涩，我们饮尽大海
因为卑微，我们览遍高山

世界如此贫瘠，隔着黄金与深渊
我们深深相爱……

天国的女儿
——给乔琪亚·欧姬芙 *

她在空白的画布前跪下来
匍匐膜拜
天边，艳橙和淡红正在亲密交谈

黑色长裙。篮中置放水田芥。
在找到花的地方采花，遇见
艳阳下美丽的白骨，也捡起来带回家

她微微一笑，"大地豁然迸裂开来。"

"这是我的正面。"
她转过身去，
"这是我的背面。"
门关上——

两个世纪，人们争先恐后而来
忙着在曼陀罗幽微的香气中
迷路

*乔琪亚·欧姬芙（1887-1986）：美国女画家。

花田半亩

你在云中
在离梦很远的地方醒了
坐着
又在离醒很远的地方

栽花。
玫瑰的唇
太阳花的眼睛
星宿草一样柔软的小腹
静静旋转。

静静旋转

你云中的发髻
发髻中的阳光
风从四面八方吹来
把宁静吹碎
你微笑，像涟漪
花瓣落了一地

我拾起其中一瓣

其他的就要落地

萌发

千里之外秋风吹灭蜡烛

你在阳光里

我们都在阳光里

天黑请闭眼

我发现，天原来可以一片一片地
黑下去，可以一朵一朵地黑下去

可以张望着黑下去，可以漫不经心地黑下去

一颗心一颗心地黑下去
手握手地黑下去，背着身子黑下去

黑下去，黑下去……
这个过程耗尽了世间的时差

荒野上的风啊，你要吹得尽量小些——
不要把路上的人引向歧途

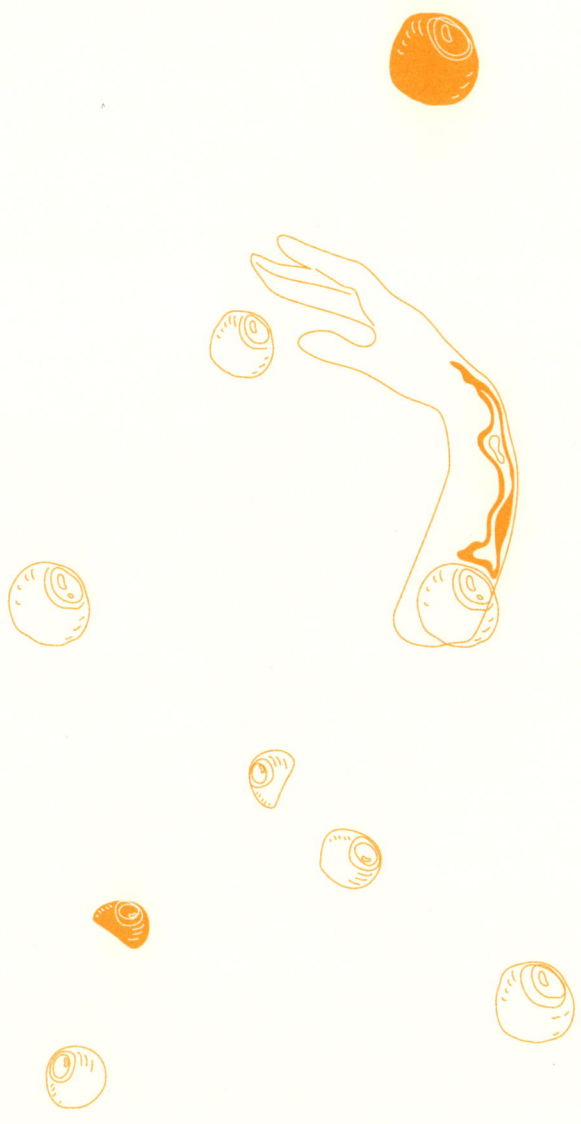

清 明

一定有些什么将头顶的天空擦亮
这一天隔着透明的玻璃我们彼此
看见，驻足。车来车往
悄无声息

滴落的露水被运送回枝头
隐匿于时光之翼下的葡萄有着最甘美的凝视……

一定有些什么俯冲之后不再收回
疼痛中绽放的花朵，她的血液在阳光下轰鸣
山梁上新绿的野草多么宁静
远处起伏的群岚多么宁静

这一天，冥宇的星星一盏一盏亮起
降落到和地平线一样的高度

一定有些什么不能追也不可追回
我们开始怀疑最初的真相
回望来路，繁星般闪烁的魂灵
都被天空噙入无尽的蔚蓝——

亡友赋

永远
将永远不能被说出——

不在高台上
不在雪亮的聚光灯下
不在报纸、红地毯、鲜花丛中

永远里有几团深灰的雾气
一条不返的路
风料峭
青丝染秋霜

就要跌倒的小树被大树搀扶
翅膀辽阔，带领整个天空飞翔

永远里有世人皆醒我独醉的宿命
一枚子弹带着呼啸
打在过于醒目的黑暗上

永远在时代被阉割传来的阵痛里
一幢大厦的碎片！

残留的路基，黄金夹裹着命运
在缝隙中私奔

永远——
在鹅毛笔被蒙住眼睛捂住嘴巴后
从胸腔奔出的心跳中

永远里有静静燃烧的冰
凝视沉睡的火山
我们从死者中升起
说：太阳正在照耀

念一些名字像在祈祷

永远不会干涸的眼底
久石让的音乐。在暗处
默默闪耀光华的丝绸

白天的虫鸣。傍晚盛开的
胭脂花。枝头钻石冷艳的双眸

忙于筑巢的小鸟
挣脱猎夹的母鹿
一声撕破山林的虎啸

大地。躬身之上的人
一切向下的隐秘生命

一根扎在心上拔不出来的刺
一滴消失于水中的水
一双被疾驰的车轮抛在后面
沾满泥泞的双脚

暗夜寂静

文字深处熔浆涌动

让人窒息的铁笼

一只白鸽从里面轻轻飞出……

我们共有一种奇异的忧伤

我将动用一个湖泊来盛装盐分……

当你和孤儿院的小伙伴爬上山顶那棵松树
手搭凉棚眺望湖面，松涛正在低吟
远方，波浪闪动银光跳跃
仿佛时光此时微微亮出了侧脸

你总是从远方带回各种糖果
飞机糖、波斯糖、大白兔
我和表哥欣喜地将它们排列到木桌上
抓起来朝嘴里塞。我几乎忘了，你从不品尝
只静静看着，笑容浸在一圈一圈漾开的光晕中

这样惬意的平静并不总有
我和表哥常常陷入你的故事带来的无边恐惧
被人类朋友出卖的人参精灵逃回山中
因为露出地面的一小截红头绳被挖得魂飞魄散

当然，你也指给我们看石板下的蚂蚁
这些细小的公民
在自身庞大的世界中川流不息

并不理会近旁人世无奈与挣扎的意义

秋风在你脸上完成了雕刻
也掳走了你的语言能力
松弛的面庞，目光宛若晨星般黯淡
隔着一尺的距离，我们再也无法言语

姨爹，我听见时光的鳞甲一片一片掉落湖底
我搜集着从南到北几千公里的雨滴
坐上那列多年未曾启动的火车
穿越过河流、车站、街道、草场……
而山顶，松涛一阵紧似一阵，一阵紧似一阵
和你儿时听见的一模一样

一个在人间遗失的地址

一

那落日的金黄有着如许的不甘与璀璨……

最初你相信植物，在荞麦花雪白的波浪中畅游
在包谷地翠绿的阴影下做梦
一家子的肠胃维系于此，虽然并不牢固
那年，你的眼睛第一次被灼痛
是因为刺刀的光亮。你不知道
县城城头已插上青天白日旗
你不知道众多个你像秧苗一样被抽出
重新插进新编的队伍，成了壮丁

部队经过西康省西昌是你预料中的
儿时曾随父亲去过这个离巴塘最近的热闹县城
你得以逃脱，翻进一家深宅大院
——我外祖父，一位张姓地主的祖宅
军队搜查而来，管家打了诳语
宅子主人顶风留你当了长工
你不知道，生命的河流在此拐弯
多年后亦终结于此。你不知道，

有时候一瞬的决定要背负一生那么漫长

二

风云压境，这个古老的国度
每每推翻一个旧政权，总是亮出土地做刀
直插敌腹。人们纷纷劝你出来
指认剥削你多年的地主老财

面对大群飞鸟走兽
曾经叛逃的你始终保持缄默
你记得那个枪声骤起的午后
一位老者面对森森枪口，扛起重负

祸根埋藏，你从此蒙上不明耻辱。
一时有传闻说你恬不知耻
敢对人吹嘘年少时进过私塾
会写人、天、义等字
小小磷火被无边暗夜瞬间吞噬
隐身于一间祖宅的小屋

三

渐渐把你遗忘的不止春天，还有冬天

直到上上下下开始"用实践检验真理"
你才被时代之手重新翻出，抛上浪尖——
无母无妻无子嗣，光荣地成为时髦的五保户

那几年小屋熙来攘往
可人去后屋空依旧
你依旧孑然一身，白霜渐渐覆盖须发
偶尔对人提起：
年轻时我爱朝脸上打雪花膏

闲时你坐在门前安然数着落叶
对于这座宅子后代的成长
有着非比寻常的关心
一次父母不能来幼儿园接我
你听闻后未及锁门，一个箭步跨出
仿佛翅膀重新长回解放前那个年轻人的肩上

四

你也曾回过越西县*寻根认亲
昔日无边的荞麦地，早已楼房林立
每一块土地上挖掘机都在张牙舞爪地宣告
终结与开启，亲人如黄鹤早无踪迹
你说根本不该走这一趟
不回去，还有一丝幻想

我有时会按外婆的吩咐端些饭菜给你
每次一进小屋，鼻腔中立即充满
强烈的兰花烟气味
两道光束从屋顶小小的亮瓦进来
尘埃在空中跳着奇异的舞蹈

五

你的离去没有太多意外，那是新世纪的一天
在老宅那间黑屋，一个冷雨飘摇的下午

上帝前来寻你很费了一番周折

因为多年以来人间并没有你的地址

从我有记忆起大人们就让我

叫你"四舅舅"，四舅舅——

你不是我的亲舅舅，也不是我们任何人的亲人

你的坟茔也没有意外，小小的一座

年年岁岁，野草疯长

起风的日子，有人曾远远看见草浪中

站着一个穿军装的士兵

人间静默，历史静默，大地静默

天边，夕阳正收敛起无边金黄，缓慢地落入地平线

*越西县：今属四川省凉山州，原属甘孜州巴塘。

四小姐

四小姐，金簪飞上木格窗棂
心事缠绕在袅袅香薰之中
四小姐，天色渐暗，爹娘不在
偷偷将长长的裹脚布卸下来

四小姐，一双彩蝶在后花园飞舞
春日迟迟，茶马古道上走来马帮
偷眼瞅见领头高大的康巴汉子
四小姐失手打碎琉璃茶缸

鸳鸯红帐暖枕，床头烛芯炸响
眼前良人不似梦中：
矮个儿，圆盘脸上几粒麻子
父母做主把她许给了张家四少爷
一口碎玉白牙咬烂往肚中咽

四小姐，裁去黑云般的长发
和其他媳妇一道下了厨房
逢年过节才能上桌，还得听公公训斥：
吃一块肉是聪明人
吃三块肉是傻子！

五星红旗迎风飘扬，广播歌声激扬
四少爷事先闻讯，逃得不见踪影
四小姐白天挺着大肚子下田改造
晚上在煤油灯下一宿一宿地
哭，眼睛渐渐看不真切

听说隔壁韩二狗啃了他娘尸首
四小姐作呕半日，把胃里的观音土
都呕了出来。最小的孩子奄奄一息
临终前说："妈，我还有五角压岁钱
夹在书里……"
五角钱早在半年前就被家人偷偷用光

"那位小个子是个伟人。"
电视新闻这样评价那位四川老乡时
四小姐因为多年的白内障只能听不能看
四少爷最终暴毙他乡，四小姐呆呆坐了半日
残阳如血，儿女们听见一声长号：
你这个填炮眼儿的一辈子啊——

四小姐终。入殓师清洗时

我看清那双大脚绝非三寸金莲

想起她提过曾为命运抗争

冒着被重罚的危险，偷偷解下裹脚布

2013 年 9 月，北京五道营胡同

我坐在咖啡馆明亮的玻璃窗前

想起你——外婆

不为缅怀，只为重新审视岁月这件旧裳

不是祭奠，是对逝去灵魂的敬重与复原

窗外，金色秋风正吹拂过

众多表面明媚细碎之物

留下来的依次是时光、苦难、记忆、琥珀

磨刀的男人

多年来，他一直在身体里反复磨一把刀。

刚打开窗户的那些清晨
他留起络腮胡，听《美酒加咖啡》
"啊，青春！"
诗歌的酒精助长时代高烧
静梅，他恶作剧地取了个女孩的笔名
一时间文学老中青的滚烫情书
把他淹没在真相一般的虚无中

后来饺子们纷纷"下海"
他只好在工厂车间挥动大勺
把梦和煮得沸腾的肥皂一起朝锅底
压下去。他开始不断相亲
在外婆家的小院，我多次看见
阳光穿越花影和时光
停留在女方局促紧握的玉手上

婚后两年，媳妇就被严重烫伤
出院后变得只认识植物
那些夜晚邻居都不敢早早上床

怕在他拉的二胡曲《江河水》中窒息
渐渐的，他开始流连于莺莺燕燕
家门经常被追债人拍得山响

1990 年代国企工人下岗的潮汐涌动
一个个数字买断一部部青春史
一小片漂萍在浪头涌动中
卖过盒饭，摆过地摊，当过保安

前年再见，已然是两家公司的老总
夜夜笙歌，收藏古玩，前呼后拥
一次喝高，他挠着谢顶的头神秘地问我：
你猜你小舅这一生最爱的是什么
众目睽睽之下半真半假道：
诗歌，是诗歌！但我这辈子是出戏

说来奇怪，那天以后我常常觉得身体里
住着两个灵魂，白天相安无事，每逢夜深人静
其中一个总是发出霍霍的磨刀声响
吵得另外一个辗转难眠

少 女

命运说：白色你活着，红色你死去！
　　　　　　　——索德格朗

那年她 22 岁，现在仍是。
细眉细眼，混杂在一群岗前培训的少女中
小 Z 并不出众，虽然喜欢笑，牙齿饱满
像刚刚成熟尚未掉落的籽粒
演讲比赛，她、我，还有一个女孩报了名
通知说等初赛后选送一个人参加决赛
可有一天突然得知
小 Z 直接参加决赛的消息
我不禁和另一个女孩一起感叹
她台前幕后镀金的技艺，让两个少女
平生第一次得以窥见灵魂脆弱的底色
很快，小 Z 又升职了
小 Z 又得奖了
小 Z 拒绝了某某杰出男青年的追求
我们渐渐不像第一次那么惊惶
不久，却传来她的死讯——
三八妇女节上午，工会组织女士们唱卡拉 OK
小 Z 唱了《萍聚》
下午，她离开人世

听说出事时车上还坐着好几个人

包括她的双胞胎妹妹在内完好无损

追悼会结束，前男友来找我，说有些潮水

若不掀开闸门，必将成为此生的暗流与深渊：

那次两个人郊游图热闹，我又叫了两人

其中有小 Z

没想到我和男友共建的大厦一朝倾塌

另一段伟大的地下恋情则从废墟中诞生

"三八节前一晚，她在我手臂上狠狠咬了一口，

说不管以后发生什么一定要记得她。"

谶语有时约等于一个血色牙印

若非亲眼所见，谁也无法相信

笑盈盈的少女小 Z 竟会伤人

死神为何如此眷顾于她，多年来

我时常掉进疑团的阴影

也许，残忍不只是少女的特权

上帝有时也会抛掷骰子，用些稀世之物

作为赌注，譬如死去的春天

最年轻的籽粒，譬如在人间

永远无法找到合适面具的灵魂

那年她 22 岁，现在仍是。

巨 兽

那巨兽累了，爬上山顶
安静地凝望天际日落

光华璀璨，众云翻腾
即将熄灭的汹涌中
有着悲剧般临终一瞬的辉煌

在它身下，无数钢铁巨兽
正在鲸吞蚕食
就要毁尽整个山林

——你已习惯熟练地佩戴枷锁
但在这颗孤独的星球上
还有未被征服的尊贵与自由

大 于

一枚黄叶落下
大于秋天的萧杀

淡淡花香
大于整座花园加冕

独唱大于和弦
黑暗大于光

那么多身体在速度中失重……

空白大于灵魂恐惧大于使命
绝望大于傲慢爱情大于死亡

"你看，拒绝尚未在泥浆中沉沦。"

警笛大于性命
公章大于眼睛

膝盖大于黄金水大于火
词语大于反对力大于网

风中紧握玩具的孩子

小小的笑容

大过了尘世的苍凉——

空心人

掏心虫掏空了我熬粥的豆子

掏心虫掏空了我锁在匣子里的心

掏心虫掏空了我花园中树木的年轮

掏心虫咬碎了我眼中金色的星星！

一个空心人步履蹒跚，

在浓烟滚滚碎片纷飞的暮晚背景中。

一堆垒得奇高的顽石就要垮塌，

在它以为就要触摸到摩天大楼银色双肩的瞬间——

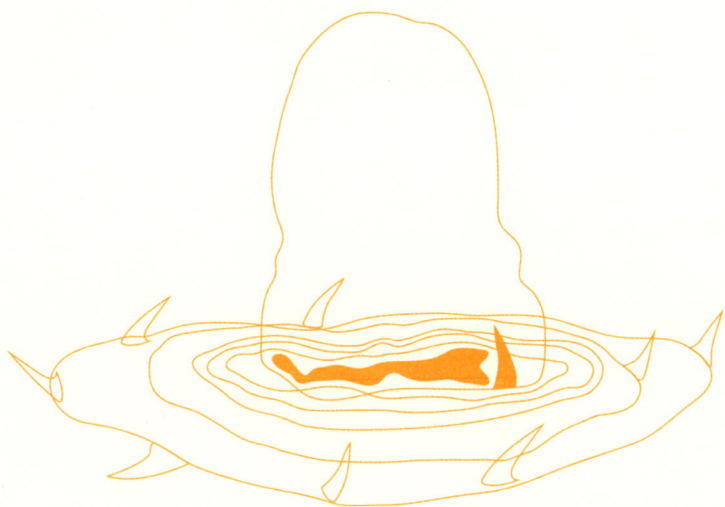

云 影

于是集体坐进灰色的影子
从大声中退场
白云曾经庄严
一个年代的清风收阅过
阳光的信件

于是幸免于将黑夜安置笔端
只有风沙在白纸下疾走
一面深埋，一面咳出
暗红的谶语——
骆驼眼中清亮的咸湖
倒映出断流的河床

集体撤退到南高原
汪洋中最后的岛屿
哦，他们温文尔雅的谈笑
推土机翻卷起无边巨浪——

我们暗自捂紧身上的患处
在这里，在那里
每一处都快要愈合
快要被忘却埋葬

寒冷，一场猝不及防的情事

一夜结痂的冰面。落叶被钉上去
连同坠落瞬间的姿势，连同骨骼、信仰

我在身体的空洞中说话，而你听不到……

一夜白头的枯草。星光微蓝
记忆的骨头卡在季节的咽喉

风中依旧有人裸身而舞
有人埋着头，忙于保暖，忙于在世间发声

北斗星悄悄偏移了位置
虚无来到近前，将脸轻轻贴上窗棂——

等 待

等待在等待的心脏里
裹着脆弱的皮囊

门齿洞开
准备随时将世界咬碎——

……途中的露
失却了与花叶粘着的圆满
也没有落地粉身碎骨的畅快

飓风或是骤雨
清风或是月明

一条绷直的长线
紧紧拴住黑暗两端
被唇间轻吐的字一烫
顷刻扯断——

余 音

爱你，冬日的鸢尾气息散淡，斜阳进来
照射倾斜的枝茎
空气中漂浮着尘埃，迟疑不决

当窗外传来积雪的惨叫，柳枝珠胎暗结
浮冰在上，真相开始慢慢显露

爱你，只因原木腐朽的一面
生命舒展得固执冷静……

细雨将万物浸润
却在烈日下将所有一一收回

爱你，只因日月更替
平原上的两条大河向前流淌奔腾不息
却永不，永不交汇

波浪将泥沙翻卷
又在月光下逐一淘洗……

爱你，就像我在冬日里写下的这些灰白诗句

当春来临，它们会再次

拔节，茁壮，繁盛

再次——凋零

记 忆

我能说什么呢
在那些珍贵得
像露水一样的日子
深深地沉溺　放逐
从未看清
时间的背面
……
风把一切吹干　吹散
摇摇摆摆的骨架
谁想象得到
上面曾经附着过血肉

初夏即景

这个时候林间的草木深了
白杨一路高歌猛进
逐渐汇入
头顶旋转的星空
隐约的哭泣在远处
来自夏天内部

鸟儿已然安居乐业
于天上人间穿梭
偶尔驱赶入侵者
追逐的身影
在巨大的绿色画布上
留下几个惊叹号

心复制着心，忙于梦游

这个时候我看见几丛怒放的月季
那极度惊艳的爱
过早地耗尽了她们的一生

这个秋天

一片落叶，未及看清形状
就钻入怀中
这多像我们的爱
撕心裂肺，却互不关联

气温越来越低
天空牵动着树木
在大地上奔跑
我还在原处
渐渐被泥土覆盖

每个夜晚，都有流星
欢笑着扑向死亡
冷冽的声响在空气中
久久回荡
还有多少是没经过的呢——
这个秋天，我是否可以和河流一道
站立着走进
漫漫光阴包裹的寂静

不爱你的时候

不爱你的时候
我就去山里看云
它们有时在半山碰头
又各自分道远行
不为一个在山顶一个在山脚沮丧

不爱你的时候
我看着暮色从四面八方涌出
从心底涌出
直到把世界笼罩

不爱你的时候
我可以不做一只候鸟
而是一只喜鹊
枝头，屋顶，广场，甚至别人家门口
想在哪儿停停，就在哪儿留片羽毛

炎热退去冬天就要来临
在我所生活的城市
人们已不轻易说出：雪
不是怕纯白灼伤双眼

是怕尖锐的凛冽又一次割开

包裹精致的心脏

不爱你的时候

我仍怀揣一口清泉行走

井边葳蕤的藤蔓给偶然降临人间的天使

泉水留给暗夜中抱紧磷火的人

黑暗中的蛇

缓慢的雨水狙击了连日炎热
北方的夏天就这样灰溜溜躲进帷幕
吐着舌头伺机反扑

傍晚雨住，我们并肩散步
天色在渐进的黑暗中迅速垮塌
周围景物变得影影绰绰
每逢岔路
总有零星灯光诱人深入
一次次折返，一次次趋向
这生活的战役实在令人神伤
以至当它以记忆中闪电的方式出现在路边
一时竟没有认出

对峙良久，小心靠近
一条蛇静静地蛰伏于黑暗之中
头尾呼应，清晰而完整
此刻它真实存在
从记忆的围栏中呼啸而出——
一瞬间南方的洪水与青草淹没了我
从迅速下沉，窒息

到多年来不及呼救的挣扎
我摩挲着发烫的脸颊，发现仍然站在原处
这诡异的洪荒轮回之物……

"嘿，该走了。"
转过身来，我们一脚深一脚浅
走进更加浓密的黑暗

飞进房间的鸟

它镇定地飞到我面前歪着脑袋
我一下子看见了毛毛虫，
卷毛头天使，小仆妇，
清亮的雨滴，棉花糖一样的云朵

好奇地绕到它身后
天啊，我看见了什么——
恶魔眼睛，牛虻子，一只废弃的灰轮胎，
典狱长，穿黑袍的神父！

迟疑着走到窗前，猛地一下推开玻璃窗——

赶快飞走吧，不然
这屋子会多出不止两具橄榄绿的尸体

酒精一种

打太极，扭秧歌，冰上舞
是对面瞳孔中关于我的
三个分身
我的本意是挑选最后一个

阿波罗驾驶的马车
在七月的酒香中突然失火
火势迅猛
证据是很久以后
仍有人准备随时赶来扑救

空气中的暴力
眼球血红的涌动
事实上一抬头就看到烈日下
孤独的树影
令人想蜷作一团回到母腹
或是退至来路原点
有些什么才刚诞生

仿佛隔着明净的玻璃
静静看完一场情景剧

所有压抑、挣扎、欲望、歪曲
因触摸不到温度而无关灵魂

想起做过的一个梦
满大街行人
中间都隔着块玻璃
每块玻璃标注有真切的编号和
制造者姓名
是的，这不是一个秘密
姓名属于每两具被分隔开的身体

南 瓜

一切紧缩的事物都酷似心脏……

今年雨水特别多

仿佛只是一夜

小区的草地，篱笆架，甚至路边

无端就多出许多只南瓜

翠绿饱满

让我忆起老家

稍不留神，就瞅见湿漉漉的叶子后面

探出一张温润的南方的脸

这样的时节

清晨醒来常常不知身在何处

昨日还对友人说

躺在床上一时分不清

少年，青年，抑或中年

忆起灾荒年月

童年的母亲因饥饿摘下别人家小南瓜

藏入裆中

看见大人吓得双腿一松

瓜儿从裤管滚出……

多年来我每在厨房烹饪

当刀锋闪着雪亮的寒光迎向南瓜

总有一瞬

时间突然静止下来

握刀的人，灵魂挣脱肉身

飞去了远方

蒸 鱼

看上去整个鱼体像草原一样平坦无痕
仿佛年少时一眼到头的人生

全身涂抹料酒去腥
抠开鱼鳃和早已剖开的腹部
沟壑与深渊，冰冷与黑暗
隐藏于日子平静的表面
每一小段都以手指细细啜饮

用刀划痕，方便入味
刀锋避开一切坚硬与阻挠
沿着鱼刺的方向游走
把握其中意味深长的分寸
前进变得游刃有余

均匀地抹上薄盐
在光溜溜的皮肤上滑动
需要一边前进一边提防
每根随时出没的小刺都让笔尖黯然神伤

姜丝、葱丝分量适宜

多一分或是少一分
眼泪的滋味就会大相径庭

最后在鱼腹、鱼身铺上配菜
供上蒸笼
雪白的盘子俨然化身为一副棺椁
配菜全是陪葬品

刚刚经历了一场多么重要的仪式
我就像入殓师
冷静准确，条理清晰
怀着温柔的情感
让一个冰冷的生命重焕生机

春 归

花 间

紫花朵铺满绿草地，两只黑白相间的喜鹊
于其间飞进飞出
是在寻找去年遗落的物件
还是发现了新的惊喜，抑或
在为永不重回的流逝和无法企及的虚妄
心悸，忏悔……

落 英

啊！

那凋零的柔霞

何止是折断的目光

惊艳的叹号

不复的轮回

看它

它是芸芸众生镜中的容颜——

新 碧

确认那是从一段枯木上
长出的新枝
嫩绿若水，新鲜得超过
近旁任何一株植物
仿佛一个行将了断之人被闪电
猛地劈中，瞬间没了轻生的念头
而此前——
他必经过一条幽深的隧道
恰似一生那么漫长

民 歌

她唱：让我们在绿草中徜徉
聚会的人们仰面，冥想，忘情其间
她说：我们民族的歌声都很悲壮，少有欢快
我忽然想起那年，两个千里迢迢
从城市赶来的旅人看见大草原第一眼
竟然瞬间泪流满面

灵 魂

最狂妄和最虚弱的小人儿
和肉体并不吻合的性别
有着通灵的三只眼
数条斑斓的衣裙
从未在喧嚣与明亮中邂逅
反之亦然
只有一次午夜梦回
一个身影倒悬空中低低啜泣
我问为什么
它说去送了即将上路之人
凌晨传来数以千计的同胞往生的消息

盛 放

她——

笼着一袭朦胧白纱的梦

仿佛多思的少女

又仿佛

沉沉迟暮的老妪

但其间——

请允许她吐露蕊柱

伸直地开，蜷曲地开

交叠地开，重复地开

……那样惶惑

……那样忧伤

水 天

我相信这浩浩汤汤的运河流往千里之外的苏杭
正如我相信它亦能去往千年之前的大隋王朝
那些柳树的倒影舟楫的应答
那些哭声笑声金戈铁马
千百年来从未改变过气象

极 目

不是残雪

不是枯枝落叶

不是铅灰背景下的鸟巢

是万千新绿锦簇繁花中一个废弃的暖气供应站

曾经浓烟滚滚的巨大烟筒

恰是矗立尘世高处不胜凉寒的荒芜

空 城

他们都去了郊外赏花

他们觉得离春天很近

离泥土很近

留下身后这座空荡荡的城池

宛若一个再也流不出一滴水的泉眼

一座废弃的后花园

一间由整整一个时代为心灵而设的

巨大的黑白灵堂

秘 密

我有时是在梦里走近你
有时不是
当裸露的枝桠长出如许新绿的叶片
里面总是藏着云朵、魔笛、翅膀、脚印等
诸多秘密

雨 点

喜欢雨点的味道

涩一点，腥一点

仿佛包裹着红尘的泪滴

也喜欢想象中雨点的味道

清一点，甜一点

有着你脸孔一半的透明

可是

哪种雨都已经很久没有下过

声 音

身后不经意传来的女声
总能及时找到与之匹配的花种
一次，声音冷静凌厉
如金黄连翘的尖瓣直指蓝天
又一次，软糯，入情入理
宛若雍容的紫桔梗盛放草丛
还有一次有些意外
混沌，夹杂着肥厚鼻音
对着手机怒斥对方。脑海中
迅速浮现出一树开败后废纸般的玉兰
一转头，不得了，她恰好踩到瓜皮
只听吧嗒一声，花瓣碎了一地

歌 剧

总是这样

雷声滚过，大幕拉开

迎春之咏叹调高亢激昂

山桃序曲一波未平，一波又起

白玉兰的间奏太过短促

铺天盖地的碧桃方是尽兴合唱……

年复一年

赶赴着生，赶赴着死——

天地间往复的庄严仪式

往往轻若风中飞絮

而生命是幕后美与宿命亘古的悲剧较量

梦 境

缆车渐渐升起来
车厢里坐着爸妈和幼小的我
对面车厢里有一对过去熟识的长辈
也都是年轻时候的样子
中年的我站在一旁山坡上
静静观望……
这是梦境的样子
这是时光的样子

彼 岸

常常是这样
不经意间飘来一缕花香
让人分不清
前生抑或后世
是缓缓升入旋转的星空
还是就此遁入空洞的大地深处
这个早晨
有人站在风中落泪三次

放 生

寒冷刚过

运河里突然多出密匝匝的鱼群

硕大的草鱼，鲜艳的锦鲤

还有柳叶般轻快的小鱼

过节一样追逐嬉戏

听说都是被一些信佛之人

买来放生的

而浮世浩荡

那些年年月月囚禁于幽暗牢笼中的人

有谁赐予生还的钥匙

仙游记

一

这是被那场特大暴雨冲刷过的山石

依旧坚硬依旧屹立

我们正惊讶于暴力为何没在其上

留下丝毫伤痕

一条改道的河流

不小心吐露了羞愧的秘密

二

荒野的新叶嫩绿喜人

一棵树上总有两三个鸟巢

鸟儿们相互招呼

鸟儿们闲话家常

和小区闲人一模一样

三

迷恋滋生魔幻

就像眼睛在彩虹、流云、潮汐中

不倦地流浪

此刻层层梯田涌入眼帘

那曲线那光阴的层次之美

有人仰面

不让泪在瞬间掉落下来

四

太纯净看不见爱情

太清澈没有了游鱼

漫山遍野的青枝绿叶

我们丢失了自己的青春

五

喊山的人

山并不回应

只是把一层一层的山脊裸露给你看

远远近近浓浓淡淡

那么多年那么多人

来了又走了

时间从不回头

时间总是回头

六

如果你看见一株桃花站在村口

它一定在那里等待许久

如果你在山坳中看见一棵孤独的树

千万不要喊叫

你一喊

它就会张开翅膀飞过来

七

你被草丛中的刺所伤

说只有人感觉得到疼痛

你不知道

那些张着嘴把嗓子喊疼的是连翘丁香

那些睁着眼瞪酸了的是树的眼睛草的眼睛

八

一朵云

在对面山崖上静悄悄地支起雪白的帐篷

见没有人注意

又悄悄地把帐篷收了起来

九

看见桃花

你就芳心大动

看见杏花

你又伤春悲秋

来啊

快上来榆钱二两

为她压惊

十

野菜从石头下面长出来

野菜能从石头下面长出来

为什么野菜能从石头下面长出来

风不回答你

蚂蚁不回答你

连附近正在啄食的那只大花喜鹊也不回答你

十一

家养植物向往外面的世界

邻居院子里的牵牛花

长成上天入地的模样

眼前的野花又过于驯良

整齐的六个花瓣

叶片齐刷刷朝上仿佛投降

整个下午你都在研习一部悖论史

十二

东流水、石花洞路口、沙湖、凉水泉、

霞云岭、石板台、鱼骨寺路口、堂上村

我们扳动手指

细数一天经过的地名

声音越来越小，语速越来越慢

我们害怕很快数完

害怕一生就像这样迅速闪过，悄无声息

野 花

年少的时候，它淹没过我
淹没过我的红布夹袄、橡皮筋
我的游戏、惊呼、哭泣和歌唱
那时一只鹰在头顶盘旋，风吹动羽毛，一小片阴影
在时光里飘摇
后来它继续淹没我
那些青涩，那些欢笑，
无助的夜晚，流水泛着碎银的光芒在床前静静流淌
现在我看见它渐渐漫上胸口……
等等，世界！我还有着未曾灭顶的悲哀——

一 生

当我说出：一生

请将周围的暮色擦去

晚霞终于收起翅膀静卧云端

鸟儿降落枝头停止仰望

那一棵棵秋后的核桃树啊

卸去了沉甸甸的树冠和果实

在风中踮着脚，挥动干枯的枝叶

回望来时的山路

漫山遍野的轻

显得多么沉重

当我说出一生

白雪渐成坚冰

一些事物正在下沉

另一些却开始上升

高过山巅，高过浮云

它们上升得多么慢，就像一个不醒的梦境

又是多么快，快得就像我的一生

与六点有关

缓慢的粤式普通话从微微电流中
爬过来，清晰而有条理

天色晦暗，我一边慵懒流畅地对答
一边想到艾草、小镇、沉默以及消隐
素未谋面的人
话，在话题之外

很快，纸上出现了一大串号码
目光开始在其间弹跳
1过去，2现在，其他的
也许是将来
多么有趣的组合
谁又能探出其中深浅
遇见后的错过，也是陌生

下午六点，阳光斜照
有人消失在彼岸
有人拎着旧式藤箱
暮霭中缓缓走下船来

卖鸡蛋灌饼的夫妻

一部精密咬合的齿轮机——

女人的手划出一道道柔韧的闪电

均匀圆润的面饼排好队

挨个儿朝平底锅里跳

男人快速翻转，一个饼搁一个鸡蛋

准确得像赛场上优质的扣篮

饼再次回到女人手中，卷上了翠绿的生菜

和鲜红的辣酱

一撮葱花儿笑意盈盈地站在其间

不长的队列，空气中充满鸡蛋的油香

已是初秋时节

树叶轻飘飘随风落下

在空中时而分离时而亲密依偎

仿佛什么被轻轻绊住

又仿佛获取不会因为等待而变得漫长

花卉市场

两朵红窃窃私语
说着夜晚无从企及白天难以开口的心事
附近的雏菊摇曳着
对眼前的一切一无所知，亦漫不经心
"买把百合吧，持久，恒香。"
自然她的裙裾来自高处
直立行走的波涛
排山倒海
而面对一大片鸢尾的纠缠
怀疑由来已久，谁又能无动于衷
不将心脏微微紧缩……
这世界每分每秒都在升空
那么我也是

割 草

站立的事物都卸去了沉重……

熟练。稳健。
割草工人操纵机器的手
一道道闪电刺进内心
绿色流星雨铺天而下

修剪后的草茬在骨缝中生长
憋着劲儿
空气中到处是血性的喊叫

路旁堆起许多衣冠冢
披着些许叹息
和不为人知的眼神
静静地等待入土为安

五岁那年，在幼儿园墙脚
我连根拔起过一株肥大的"官司草"
看着它在手中迅速低头，枯萎
成为一具僵尸

城市桃花

随着天光滑入城市
街的拐角，桃花开了
从地面一直铺向空中
与不远处的喧嚣无关
与巨大的诺基亚广告牌无关

桃花开了，开在大厦的间隙
和狭小的公园空地
急于赶路的人们低着头
和桃花一样
忘了不久以前冰雪的凛冽
忘了压倒过一切的北风

桃花开了，一朵朵紧咬枝头呜咽
一边开，一边疼……

过 冬

我把我藏进棉花、毛线、羽绒
亲爱的
我以为把自己藏好
可以过冬了

可是当我走上街头
冷，准确地钻进
袖口、脖子、眼睛、嘴巴
成功地占领整个身体
直到把另一个赤裸的我
挤出体外
站在风中瑟瑟发抖

车辆在眼前晃动，人群蜂拥
热气腾腾的盛世
我发现一直以来
都没有学会过
抵抗寒冷

美 错

白太阳从山里跑出来
光束静静打在脸上
你低头的一瞬
那种眩晕我已经忘了

恍惚有笑声
在清晨寂静的谷中
清脆的瓷一片片
飞溅，叩响时间

像鹰
高飞
悉数抖开全身羽毛
山峦在凝视中渐渐沉下去
缆车载着我们
望远，再远一点
……
我神游的时候，你又去了哪里？

电信大楼上的三只乌鸦

下午两点，三个黑影牵动了
一小片天空

高大耸立的发射塔
一袭夜色突然抖落——

枯藤老树在远处
巢穴在远处

暗黑的忧郁
和喑哑的天空相互对视
默默怀旧

有一阵，它们在高塔上深情歌唱
用低处的嗓音

这个下午，电信大楼附近很多人
目睹了树林和钢筋的爱情

赛爱特美发中心

他怪我疏于打理头上的荒草
这样下去还会有更多分叉
小径上一颗心走着走着
惊惶地停了下来

层次要推高，再推高
"这个年代，"他平视我
"谁还用这么平直的方式走上大街？"
一枚钉子在正午闪着寒光
生生钉进身体的某个柔软部位

曲线不仅是身体
还要通过头发
无所不能地——
加以体现——
巨大的浪头裹着漩涡
劈头打来
我大张着嘴
终于，没有发出叫声

公 园

其实又有什么不同呢——
我们都深深爱上
阴影内部的冷颤与危险

你在假山脚下想要攀爬
偶尔抬头望天
一切可见而遥远

我在山顶，离天更近
一度以为伸手可将白云摘下

更多的人，在我们之间……

还有多少树叶会在夏天长大
并不确定。

对 话

秋天来临

我开始能够听懂世间的各种对话

比如寂静深夜

藤蔓松开了抓住支架的手

那一瞬，夜空中有颗星变得黯淡

比如午后

淅沥秋雨凌乱地敲响树叶

藏在暗处的小火苗挣扎，跳跃，

最后终于熄灭

风渐凉，从四面八方吹出，从体内吹出

大地上的植物都去了很远的地方

不再回来

此刻地下翻腾着万千枯骨

刚好来得及堵住我就要说出口的那个字

——爱

醉意湿地

走近了，走近了，湿地巨大的身躯侧卧而眠
蝶在发间舞蹈
风声先于鹤影飞向天际，隐隐约约

现在她轻轻坐起，睡眼惺忪
触摸到的体温似曾相识
我开始像草一样呼吸

而远方，精灵吟唱，仙乐飘飘……

忽然，一阵大风平地起
成千上万只绿色的耳朵陡然竖起
成千上万条绿色的嗓音齐声吼叫
湿地变得焦躁不安，开始来回摆动、翻滚

远方的歌声渐渐零乱，草浪也自四面八方滚滚而来
扑击、躲闪、颠簸、跌倒
波谷浪间，我是不堪一击的醉汉

所有河流从天上倒垂，河水倾泻而下
天空像一只巨大的冰淇淋，慢慢融化，坍塌……

摇晃我的灵魂，摇晃我

湿地中央，无路可退

我醉成一棵没有前世和来生的芦苇

野 鹤

它在离我不到三米的地方轻理羽毛
表情细致专注
它深爱它们
犹如深爱濒临险境的自由
看见我，扬起脖子轻鸣了数声
翼下的一小片阴影
并未遮盖生命里突如其至的欣喜

它的同伴不断从路旁的草丛中起飞
稳健蹬地，轻盈凌空
巨大的翅膀搬动着这个上午
一块又一块的时光

每年春天
它们都成群结队地来到这里——
国内仅存的几片大型湿地之一

我注意到飞翔中那些挺直的脖子
以及始终高昂的鹤头
无边无际的水草，无边无际的苍茫
天空此时默默后退了一步
为它们留出相应的位置

草丛中的河流

对于那些掩藏在草丛中的隐秘河流
我始终不曾真正了解
多少年来，在日月与星空之下
一直静静绿，静静流淌
是它进入草的身体，化作鲜嫩摇曳的生命
还是水草的固守成就了它的宁谧与永恒

草色浓密处，相依相映
草色疏朗时，河流才露出它明亮的寂静
我知道天鹅、野鹤、雁
——这些自远古而来的珍稀水鸟
每年都会飞到这里，度过短暂的春夏
它们在河边舞蹈，求偶，不食浊泥污染之鱼
配偶一旦丧去，便孤苦终老……

这样的河水，令人心存敬畏
仿佛触碰一下，三生不用洗濯
再碰一下，灵魂就会升天
蜿蜒而行，向着草地深处，向着天际
或许它本来就是流往天上
被我无意间从人世窥到一段
从此在血液中翻卷细浪，秘密流淌

夜游乌苏里江

一道巨大的闪电之后，天地又归于沉寂
平稳的汽车突然轻轻一簸
开上了前往江边的土路

道路弯弯曲曲，通往心的深处
"某一天，恰似一张破碎的脸。"
空气中弥散着艾草死亡的浓香
飞蛾自远处而来
扑向车灯，跌落，再扑向，再跌落
——这宿命的圈套

乌苏里江静静横卧在脚下
没有一丝水响
我们简短的对白，以及偶尔弹起的两声蛙鸣
很快就消逝于巨大的寂静
天空慢慢俯下身来的时候
只想静静沉入江心
化作洁净的骸骨
如尘埃，漂浮，辗转，最终被大地揽入胸怀

小兴安岭的绿

那千百年的绿是有仙气儿的
红松是神仙爷爷，紫椴是仙女妹妹
白桦就是小精灵
他们挽着手，说着话，上天入地

那样的绿自然会行走
他们跑进田野，庄稼舞得绿纱翩翩
跳进松花江，江水搅得心旌荡漾

当然，那样的绿能够穿透五脏六腑
他裹着树蜜味儿、野花味儿、蘑菇味儿
不出声地凝视你，靠近你，追赶你
直到把你逼到身体深处
一个小小的角落，还忍不住战战兢兢
向外望

——而我只是一个异数
我的忧伤
又怎能洞穿这坚固的弥漫

我说哈尔滨

双乳之上的白云
葬身悬崖前，早已疼过
——来不及抓住那一瞬的震颤

中央大街
我在石板路上轻轻行走
唯恐惊动了沉睡的灵魂
欢歌与喧响
脱离了时空的飞翔

萦绕于
路旁尖尖的屋顶
今时的灰尘
和昔日的鲜红涂料
都已慢慢旧了

让我说出：贵族
让教堂、蓝调、冰雪、岁月一起替我
去爱

1934 年的沈从文

没有灯光

没有罗盘

没有交响乐

一个瘦弱的男子跪在寂静苍穹下

将砂石举过头顶

修筑他雪白的庙宇

萤火虫漫天飞舞

在空气中搅动起多于沱江的波纹

它们渐渐飞升到星群的高度

和星子一起在天上

微笑，密语

俯瞰人间——

凤凰的水

夜里有声音唤我
未及清醒
就有潺潺水声流遍骨骼
耳朵里伸出翅膀

白天，七只音符
在河床古老的额头上练习弹奏
细雨中，一些消逝之物
悄然莅临了吊脚楼的锁骨

凤凰的水时常觉得孤单
不清楚自己和亘古的雨滴
闹市的喷泉
有着怎样隐秘的族谱

水边的人感到迷惑
被一双巨大的眼久久凝视
低头只见游人于白云中
穿行的倒影
看不清眼底……

济 南

我在荷花的轻轻呼叫中惊醒
大明湖翻了个身
一块石头"扑通"跌入湖心

趵突泉雪浪银涛
有人在镜中窥见深藏于肉身的魂灵
微风徐来
都作浮光掠影

散淡的垂柳散淡的闲情与青春
随众泉汇入半城明湖
粼粼波光网罗凡心无数

在珍珠泉轻柔的泡沫中做梦
千佛山将巨大的阴影挤入胸腔
灰瓦白墙犹在
潺潺清泉流过石板流不过心上

在济南做一尾游鱼多好
濯净遍身风尘
静静沉入泉底多好
拥有一副通透的骨骼,疼痛,但不悲凉

二郎山红叶

是血，是喊不出的疼痛
车窗前一闪，又是一闪

将头探出，我看见——
那些伤痕
在山巅、沟壑、溪边蔓延

多么冷湿，这林间的朝露
而阳光
正慢慢摊开
巨大的金色手掌
命运的掌纹
由青涩转向微红，直至
血光中重生
历历惊现！

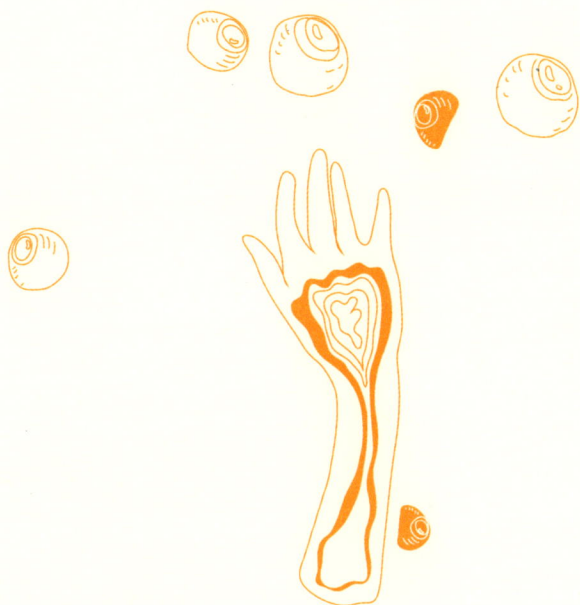

渔 火

远远的，灰幕上
一张张没有魂魄的脸
随着水流
迟缓地移动

一条道路通往黑暗底部
光乍现

它们挤在一起
像一群依偎取暖的孩子
在大排档喧响的包围中
睁着不知所措的眼
和我静静对视

春天的花

让我们遇见
在并不温暖的时刻

紫色裙裾旋转
生活之灰慢慢隐没，沦陷……

天亮时分一起逃遁
谁在叹息——
春天的老
相爱的人们在旷野上相继死去

我认出其中缠得最紧的
那双手臂
　"我是你的燕子
你是我的喇叭花。"

迷 路

我把脸深深埋进臂弯
整个冬季蛰伏已久
还不知道如何把自己
从体内取出

路旁次第闪过树影
穿插着沉默、猥琐、惊恐、漠然的脸
去妙峰山的途中
我们一直在迷路

（而每一次的转向
是否真的离目标更近？）

来到谷口
一阵风猛烈吹出
至车前兵分两路
灰白的春天迎面撞上
灰白的面颊
这个早晨
我们谁也不比谁多出一点

妙峰在不远处

在群山中长大
我习惯于仰望的姿势
蓝天在上
云朵自天边汹涌而来
巨大的阴影轻轻覆盖

很多时候
我觉得我就是鸟
在悬崖、急流、山谷中逡巡
任山风吹透身体
在身后合拢，远去，无声无息……

他们说——
"妙峰在眼前"
"妙峰在不远处"
眼前半空中的那座小峰
云遮雾绕
隔着一座山滚滚的松涛
有些什么藏在视野之外
远远地
尚未出生

相信黑夜

让我相信
我们一直并行不悖
相信黑夜的黑，就像

多年前
我在西部高原眺望过的星群
它们的璀璨与壮阔，它们激烈的
——呈现
我不记得有过叫喊
只看见一双双空洞的眼

就像今夜的北四环
车流在耳边飞驰，呼啸
我们一如既往地
辨不清方向
那些许久以来的风
轻轻吹出身体
夜，散发着熟悉的
冰冷味道

天府 2008

蓝说出记忆
轰隆隆的火车把成吨的白云运往天堂

田野上飞舞着万千亡魂
草木朝向宇宙疯长

金灿灿的玉米和稻谷——
水田，你为何眼含热泪?

秋天忧伤
果实失去重量

——世界！请给我一根脊骨！

锦 官[*]

风暴并未走远，它是这家五星级酒店
最为脆弱的部分。萦绕，窥伺，上演着皮影戏。
周遭片刻未停的喘息——

一条裂缝从头顶至脚面惊现！

夜晚潮湿而焦急，东郊的下岗女工
重返三流舞厅拿起小费
城南灯火通明，中产阶级投入更加空前的狂欢……
没有粉饰，就无太平。

"夜以继日的噩梦，半夜虚虚实实地奔跑。"
那么多成年人，眼神凄迷，在大街上没有方向
仿佛是一群，又彼此陌生而疏离。

深秋的晚风，不要把逝者的歔欷吹进深渊——
沉默的国度，不能一败再败。

"余生，耗尽无法下咽的命运。"
卡布基诺细腻柔滑，氤氲的杯中，
一座城市在慢慢倾斜……

*锦官：即成都，出自杜甫诗句"晓看红湿处，花重锦官城"。

消 逝

那么多白云，那么多兄弟姐妹抱着
那么多风声。那么多鸟语花香
——经过

蓝得澄净的天空，倒映出广袤的土地
鸟儿在其间穿梭
石块开出花朵，砖瓦开始飞翔……

那么多站立的河流，那么多移动的山峦
那么多奔腾不息的雨水，冲刷尽一切污秽

那么多闪电，撕开天地的伤口——
一座城飞去了光芒四射的天堂

人 们

明晃晃的阳光下，几颗柚子冰冷坚实，各自紧缩成
无法再缩小的心脏……

风凉薄，擦过摊主没有表情的脸。深藏在
临时窝棚阴影里的大鸟，用翅膀扇动着未曾停歇的飓风

天使在黎明前唱响挽歌

天使在黎明前唱响挽歌
黑纱飞舞起来
胸腔轰鸣——
沉默者的哮喘开始发作

太阳继续圆得像章
从地狱逃回来的人说
颜色与生还者的血泪相仿

救人的人用一块木材
去熄灭森林大火
树苗倒下——
喧哗成为最大的嫌疑犯

最热闹的仍旧是剧院
有些戏需要收场
有些刚刚上演
当然，台柱子不能再用铁丝代替
否则戏演砸了
导演必定会更换角色